Vater

schafft

Hermann Caspar

Für Lotta

Bibliographische Information der Nationalbibliothek: Die Deutsche Nationalbibliothek verzeichnet diese Publikation in der Deutschen Nationalbibliographie; detaillierte Bibliographische Daten sind im Internet über dnb.de abrufbar.

©2020 Hermann Caspar

Herstellung und Verlag: BoD – Books on Demand, Norderstedt

ISBN: 9783752851878

Sand Kasten

„Ja, die Mama kommt gleich wieder". Jetzt sitze ich hier mit zwei Kindern, meiner lieben Tochter Lotta und dem kleinen Caspar, dem Sohnemann einer Freundin, und warte seit 45 Minuten auf Dich.

Du wolltest eben ein neues Parkticket für die Rüttenscheider ziehen, wie gesagt, vor 45 Minuten.

Wer mit Rucksack zum Parkscheinautomaten geht, hat sicherlich auch noch das ein oder andere Telefonat zu führen. Oder, wer weiß.

Aber es hat mich nicht zu interessieren. Ich bin ein guter Freund, und über Probleme alleinerziehender Väter und Mütter bei einem Café zu plaudern, macht das Leben schöner und bunter. So war der Plan.

Wir sitzen im Sand und arbeiten uns schwer durch Kiesel und Burgen, Lotta, Caspar und ich, zwischendurch eine Rotznase oder eine Trinkflasche mit Flugzeugen und Heißluftballons, eine Honigwaffel oder geschnittene Äpfelchen.

„Mama" kommt gelegentlich von Caspar, den ich immer wieder mit dem Hinweis, „Mama kommt gleich wieder" beruhige. Er nimmt es hin und vertieft sich in seine Baupläne.

Lotta hat die Buxe voll, nicht zu überriechen, gut das hier draußen im Hinterhof des Cafés ein leichtes Lüftchen geht. Jetzt wird es schwierig, ein zweites Kind, die ganzen Pröttel auf dem Tisch verteilt, und die liebe Mama von Caspar ist immer noch nicht zurück.

Ein Problem, aber lösbar.

Eine Unterlage auf eine Parkbank, etwas abseits, und das Malheur, uuhhhhhh, wird schnell beseitigt, gibt Aroma an den Salat der Dink´s- Leute mit dem bösem Blick.

Geschafft. Nach 90 Minuten Parkuhrverlängerungszeremonie kann ich mich doch mal telefonisch melden?! Ich will ja nicht aufdringlich sein. Eine kurze Nachricht auf Whats App von Ihr „Sch......", von vor 87 Minuten, jetzt telefonisch nicht erreichbar.

Mein Geduldsfaden kommt auf Spannung, Entspannung war eigentlich das heutige Ziel und der Sinn unseres Treffens, mal wieder Mann und Frau sein.

Partner schafft

Mal eben den Sohnemann im Sandkasten abgesetzt. War eine schlechte Ausrede mit dem Parkticket, hat er irgendwie gemerkt. Er sieht Dinge, die mich überraschen, mich erschrecken, wie ich geworden bin.

Immer dieses Rennen, schnell, schnell, und dann dieser Scheißtyp von Vater, der keinen Anspruch auf Caspar hat, aber immer wieder droht und von einem Familienleben träumt. Soll er sich doch erst einmal von seiner jetzigen Frau trennen.

Jetzt hat er schon wieder 3-mal angerufen, nein, ich will das nicht mehr, ich kann das nicht mehr, diesen Spagat.

„Ja, was willst Du, ich bin in der Stadt mit dem Kleinen. Auf dem Spielplatz.

Was geht es Dich an, mit wem oder was ich meine Zeit verbringe." Immer diese Eifersucht und diese Erpressungen.

„Nein, Ich will Dich nicht sehen, ja, ich bin mit dem Kind unterwegs, wo soll er denn sonst sein?"

Ihr war nicht klar, dass Sie bereits von dem Vater Ihres Sohnes beobachtet wurde, während er mit Ihr telefonierte. Dazu saßen zwei dunkle Gestalten mit in seinem Fahrzeug. Sie hatten einen Lieferwagen hinter Ihrem Auto auf der Rüttenscheider Straße platziert.

„Du lügst mich doch an", brüllte er, „Du kommst von einem Typen, sag mir die Wahrheit". Aufgelegt. Seine südländische Mentalität bringt Ihn zum Platzen.

„Schnappt Sie euch, macht was Ihr wollt, aber lasst Sie am Leben", seine Worte zu den dunklen Gestalten in seinem Auto.

Die beiden Typen mit muskulösen und tätowierten Unterarmen springen aus dem Auto und öffnen die Seitentür des Lieferwagens.

Du lehntest an Deinem Auto und warst erneut am Telefonieren. Innerhalb von Sekunden wurdest du grob in den Wagen gezerrt und die Tür verschlossen, ein Schlag ins Gesicht ließ Dein Bewusstsein schwinden.

Der Größere von Beiden setzt sich ans Lenkrad und verlässt mit dem Lieferwagen Rüttenscheid Richtung Altendorf. Der Andere fixiert Dich an Armen und Beinen, vertaped den Mund und fängt an sich an Dir zu vergehen. Er zerreißt Deine Wäsche und penetriert Dich vermehrt anal und vaginal, zum Glück bist Du weiterhin ohne Bewusstsein.

Deine vernarbten Unterarme, die gleichmäßigen, nah beieinander und mit Rasierklingen zugeführten Narben, die in dieser Brutalität fast schön erscheinen, hängen verzerrt unter Spannung, Dein Körper folgt dem aggressiven Fahrstiel und der Geilheit der Entführer.

Bertholdt-Beitz-Boulevard, scharfe Bremsung, mit einem Ruck geht die Schiebetür auf.

Der gemarterte Körper fällt auf den Bürgersteig, wie ein weggeworfenes Stück Fleisch, was beim Grillen keiner haben wollte. Ein Anblick, den man nicht in einem Fotoalbum findet.

Einmal Eins

Langsam fängt es an zu dämmern, und mir auch. Ich kann die Mama telefonisch nicht erreichen, es gibt kein Zugriff von Ihr auf meine Nachrichten, keine doppelten Häkchen, also nicht mal auf Ihrem Handy gelandet. Ich hatte Ihr geschrieben, dass ich so langsam aufbrechen wollte.

Neuer Plan, wie bekomme ich zwei Kinder in einen Kindersitz, in ein Kinderbett, in eine Kita?

Wieder ein Problem, aber lösbar?!

Lotta bekommt die Sitzschale, Caspar den Bauchschutz, Windelgröße ist fast identisch. Das ist schon mal eine gute Voraussetzung, einer stinkt schon wieder. Aber erst einmal nach Hause, Zeichentrickfilm rein, Tom und Jerry hauen sich pädagogisch wertvoll nach Großküchenmentalität auf die Mappe.

Die Zeremonie des Schlafen Gehens kann ich heute nicht anwenden. Glotze, schafft ein kleines Zeitfenster, Kartoffelpüree kochen und passende Sachen zum Schlafen raussuchen. Heute mal etwas lockerer die Angelegenheit. Mein Magen knurrt, freu mich auf die Reste der Kinder, Püree mit Spiegelei.

Handy von der Mama immer noch tot, kann ich wohl die Polizei anrufen, oder das Knappschaftskrankenhaus? Ist Sie unters Auto gekommen, kalter Schweiß rinnt mir von der Stirn direkt in den Kochtopf, bringt Salz an den „Funny".

Die Kinder haben Spaß, gebe mir Mühe, nichts anmerken zu lassen. Püree essen wird ehr zu einem Event als zum Stillen des Hungers. Die Kinder sehen aus wie kleine Monster, mit Eiflecken und Püree im Haar. Ab ins Bett, ist schon gegen halb 9. Baue ein

Schlafnest im Kinderzimmer, Lotta und Caspar fallen schnell in Ihre Träume.

Durchatmen, Chaos beseitigen, nochmal durchatmen und auf die Couch fallen lassen. Dein Telefon ist immer noch tot. Ich mache mir höllische Sorgen. Wo bist Du, was machst Du?

Liege noch einige Momente so auf dem Sofa, kann die Sterne sehen.

Muss eingeschlafen sein, halb eins, schleppe mich vom Sofa ins Bett. Ein kurzer Blick ins Kinderzimmer, alles gut, ein Blick auf mein Handy, nichts.

Wecker stellen und schlafen….

Kopf Schmerz

Fader Geschmack von Blut und Klebstoff, der Kopf dröhnt und es ist kalt, verklebte Ober- und Unterschenkel, irgendwo auf einer feuchten Wiese.

Es tut alles weh, das Gesicht, der Unterleib, völlige Orientierungslosigkeit. Mein Kind, mein Kind, was ist passiert? Mein Kind, wo ist mein Kind, ich suche mein Telefon, zuletzt saß er im Sandkasten, Du hast neben ihm gesessen mit Lotta, einen „Augenblick" Bilder vor den Augen.

Wo bin ich, renne los, erkenne das Thyssen Gebäude rechts, einen Förderturm links, weiterlaufen. Langsam dämmern mir der Nachmittag, das Date im Café und dann das Telefonat mit dem Ex.

Laufe Richtung Innenstadt, habe meine Schuhe verloren, aber will nur raus aus dieser Dunkelheit. Da hinten ist ‚Ikea, ja, jetzt eine „Friheten" und schlafen irgendwo in einem sicheren Arm.

Dunkle Gestalten folgen mir, plötzlich ein Schlag, gleite zu Boden, wieder außer Stande zu reagieren oder mich zu wehren.

Ich komme zu mir, eine Gestalt beugt sich über mich, ich ziehe das Knie hoch und zerschmettere ihm seine Hoden, er fällt zu Seite. Ich will fliehen, jedoch zerrt etwas an meinem Arm, bin mit Handschellen am Zaun gefesselt, ein Knacken durchdringt meinen Körper, höllische Schmerzen bis in den kleinen Finger. Ich versuche zu schreien, bekomme jedoch ein erneuter Schlag ins Gesicht. Ich falle wieder zu Boden, mein Bewusstsein dahin.

Habe Angst die Augen zu öffnen, ist das alles nur ein schlechter Traum? Habe das Gefühl von einem Bus überfahren worden zu sein, doch ein verdammt beschissenes Gefühl, wünsch ich keinem, fast keinem.

Mein schlankes Handgelenk ist aus der Fesselung gerutscht, ich fange an zu weinen, nachdem ich meinen Körper einigermaßen sortiert habe, ich hasse Unordnung. Es regnet in Strömen, der Himmel weint, nein, er heult regelrecht.

Ich ziehe mich durch die Pfützen, mit letzten Kräften an den Rand der Straße. Geschäftsleute von Außerhalb, Fahrgemeinschaft, im Radio läuft Iris von den googoodolls, „and sooner or later it`s over".

Chef Sache I

Montagmorgen, seit drei Tagen alleinerziehend mit zwei Kindern. Kann jetzt Lotta nicht in die Kita bringen, Caspar muss auch bespaßt werden. Und arbeiten geht da nun auch nicht.

Also Kita absagen und den allzu bitteren Anruf beim Chef.

„Ich kann heute nicht kommen, Kind ist krank, ja, das dritte Mal schon dieses Jahr, ja, Kind oder Karriere, auch das ist mir bekannt, ja, auch schönen Tag", Arschloch.

Als ob ich das gerne mache. Hatte mir zugesagt, gute Mitarbeiter werden gefördert. Hatte nur leider alles vergessen, als ich plötzlich alleine mit dem Kind da stand.

Aber was soll man erwarten von einem Macho, als Chef, der ein braves Mütterchen für Kinder, Küche, Kirche zu Hause sitzen hat.

Fühle mich gerade so richtig ausgekotzt, überflüssig, ungebraucht, ersetzbar, wie ein zum Spielen geworfenes Stöckchen, an dem ein aus dem Hals nach Pansen hechelnder Köter längst die Lust verloren hat.

Aber manche Chefs sind halt wie Nilpferde, versuche mal einem Nilpferd ein Stück Zucker zu geben, ohne das es dir den Arm abbeißt.

Ein Problem, ja, lösbar, ja.

Die Kinder schlafen noch, diese beiden süßen Knäuel, in ihrem Schlafnest. Der Anblick macht alles wett, der Zorn löst sich auf, und das Aroma von Hafersuppe, Zimt und Vanille aus der Küche, lassen meinen Blutdruck sinken und durchatmen. Und Du, wo bist Du verdammt nochmal, seit drei Tagen höre und sehe ich nichts von Dir.

Ja Du, verdammt, stellst mein Leben und meine Gefühle auf den Kopf, hättest doch wenigstens mal fragen können, ob ich das will.

Und ja, ich will das, will es versuchen, habe nur keine Übung mehr darin. Seit ich alleinerziehend bin, läuft das Leben anders, und keiner sagt einem vorher die Wahrheit darüber.

„Augen Blick"

So gerne denke ich an den ersten Moment wo ich in seinen blauen Augen fast ertrunken wäre. Ringe nach Luft, rudere mit den Armen, um nicht unter zu gehen.

Und plötzlich reicht er mir seine warme starke Hand, gibt mir Halt, unglaublich viel Halt, obwohl wir uns gerade das erste Mal begegnen.

Bin direkt entspannt, seine Stimme und seine Ausstrahlung, Ruhe und Sicherheit, von ihm möchte ich nicht mehr losgelassen werden.

Eine Wärme durchdringt meinen ganzen Körper, von oben bis unten, das Gefühl unter einer Bettdecke zu liegen und von seinem Arm gehalten zu werden.

Das ist es, was ich an ihm liebe. Standfest in seinem Tun und Nichttun, stark in seinen Entscheidungen und gelassen in der Betrachtung von Problemen.

Und nun lacht er laut und herzlich, wow, ein Schauer überkommt mich, diese Ehrlichkeit, diese Herzlichkeit, diese Erotik in seinen Augen, auf seinen Lippen, in dieser Stimme.

Seine großen warmen Hände wischen immer meine Tränen von salzigen Wangen, streicheln mir durch das Haar und legen sich auf meine Stirn, verfalle in einen traumhaften Zustand.

Mal spielt er den Clown für mich, mal ist er melancholisch und schenkt mir ein Schweigen, welches kreativ und nicht erdrückend scheint. Und sein Blick zeigt mir seine Seele und findet meine.

Mutter Glück

Hab ich mich so getäuscht in dieser Frau. Ja, wir hatten uns schon öfter mal gesehen. In der Annastrasse, im Café Anna & Kuckuck, waren dort mit den Kindern.

Caspar ein Racker, der mit seinen 22 Monaten nicht aufhören kann, seine Grenzen auszutesten.

Lotta greift da ehr auf Bewährtes zurück, rauf auf den Rowdy, und das Café wird zur Prärie, Stühle werden zu Sträuchern, Tische zu Bergen, Fußleisten zu Hindernissen. Und wehe es kommt jemand und will ihr etwas streitig machen, klare Ansagen folgen.

Aber Du wirktest so verletzlich, ein lachendes und ein weinendes Auge. Versuchtes die Zeit anzuhalten, küsstest mich zur Begrüßung, um dann doch wieder schnell zurück zu weichen. Deine warme Hand in meinem Nacken, schüchtern wie ein junges Mädchen. Melancholie in Deinen Augen, Du willst aber nicht darüber sprechen, sagtest, es wäre alles gut.

Wir lauschten Gesprächen über Schnuller und Windeln, Lernspielzeug und Elternzeit hinter unserem Rücken, von Holzfällerhemden tragenden Müttern. Nein, das ist nicht sexy, und das gefällt auch euren Kindern nicht. Wo ist eure Weiblichkeit hin, dass Frau sein. Habt ihr dies alles im Kreissaal abgegeben?

Kreissaal, Ja, Du erzähltes mir, es sei schrecklich gewesen, ganz alleine, keiner der dir die Hand hielt, keiner der dir Sicherheit gab, niemand der Dir sagte, wir schaffen das.

Verantwortung, massenweise Verantwortung bis über den Tod hinaus. Alles auf den gebeugten Schultern, fast erdrückt, kompensiert mit Mustern auf den Unterarmen, beigefügt mit scharfer Klinge, die Verletzungen der Seele nach außen gekehrt.

Und dann dieser Kaiserschnitt, was hat das mit Kaiser zu tun, das geht ehr Richtung Fleischtheke Tengelmann. Mit schnellen tiefen Schnitten, ein, zwei, drei, und dann gerissen und gezerrt, ein kurzer Blick auf das blutig verschmierte Bündel, und ein Schreien im Hintergrund. Du musst weinen, Glück und Angst, vermischen süße und salzige Tränen. Du willst stark sein, Du musst stark sein, aber auf diesem kalten Tisch, das Klappern der Instrumente, es fällt Dir schwer.

Dann dieses eingepackte Bündel zurück auf den Bauch. Der schönste Moment, der Beginn von wahrer Liebe.

Verlustängste, seit der 24. SSW, frühzeitige Wehen, Schmerzen, Unwohlsein, und keine Unterstützung, vergessen.

Die Angst einer Fehlgeburt, Dein Leben hattest Du auf den Kopf gestellt, den Job geschmissen, mit dem Traum eines Familienlebens, mit einem Mann, der zumindest vorgab, ein Mann zu sein. Er entpuppte sich als Arschloch, in Partnerschaft und gemeinsamen Haushalt mit einer anderen Frau, so unkompliziert sein Lebenskonzept. Du passtest dort nicht rein. Aber warum dann das Kind, Du hattest geglaubt, Männer ändern zu können.

Der Mann Deines Lebens, der während einer halbstündigen Mittagspause, thronend im Sessel einer amerikanischen Kaffeehauskette verkündet hatte, dass Du sein Leben zerstört hast und das ungeborene Kind schon jetzt all seine Pläne und Vorhaben zu Grunde gerichtet hätten.

Du warst aus seinem Leben verschwunden, hattest ihm ausrichten lassen, Deine labile Persönlichkeit hätte die Macht

15

über Dich ergriffen. Zu tiefe Schnitte auf Deinen Unterarmen, und ein anonymes Grab.

Und nun musst Du mit dieser Lüge leben, die den Erzeuger Deines ersten Kindes nach Südamerika auswandern ließ. Du hast nie wieder etwas von ihm gehört oder gesehen.

*Haut Nah

Ich streichele deinen Rücken. Etwas gebeugt. Deine Rippen sichtbar wie die Tastatur eines Flügels, ja, der Ansatz von Flügeln ist auch leicht erkennbar.

Du hältst ab und an den Atem an, um mit allen Sinnen meine Liebe aufzusaugen, die ich dir mit meinen Händen schenke........

Deine Hände krallen sich in meine Oberschenkel......

Durch deine Schenkel gleitend schlägt pulsierend heiß an deinen Bauch mein.....

Wohin mit all der Lust, wie ein kurz vor dem zerbersten aufgeblasener Ballon.....

Spannung..... Lust..... Genuss vor Höhepunkten.....

hindurch und wieder hindurch.....

Deine Hand umgreift die Wurzel meiner Männlichkeit.....

dirigierend und verlieren in der Hitze deines Leibes.....

Rhythmus verschmolzener Körper, ein Stakkato, Haut an Haut, Mund an Mund.....

Eine Galoppade über die Steppe der bedingungslosen Liebe.....

Stille, Atempausen, tiefe Schluchzer, herabgleiten in schwitzende Arme, erschöpftes Lächeln, Küsse, sinnliche Küsse, die sich erneut in eine Ektase schaukeln.....

Krankmeldung hinter mich gebracht, gleich zum Kinderarzt, einen Schein abholen.

Und dann mal sehen, wie ich die Kinder beschäftige. Heute für Lotta Musikwichteln an der Musikschule Bochum. Ein pädagogisch zu diskutierendes sinnhaftes Spielprogramm, mit leichten musikalischen Einlagen. Lotta ist immer etwas unterfordert, bevorzugt die Eisdiele, die auf dem Weg zur Hattinger Straße liegt. Wollen jedoch mal was mit pädagogischem Sinn machen.

Bis dato hatte unsere unregelmäßige Teilnahme schon zur Androhung einer Ausschulung geführt, ein Begriff mit fast sozialistischen Zügen. Aber als Elternteil und nicht Pädagoge wird man belächelt und für unfähig gehalten, seinen Kindern etwas Gutes und Sinnvolles zu geben, tolle Show.

Doch schon bei der Anfrage bzw. Schilderung der besonderen Umstände mit den zwei Kindern am Wichteln teilzunehmen (mit der Bereitschaft Kosten zu übernehmen), wurden wir der Musikschule verwiesen. Die vermeintlich soziale Kompetenz von Mitarbeiter und Leitung dieser Einrichtung allzu deutlich.

Zurück nach Rüttenscheid, ins Sorelli´s, Schokoeis für Lotta und Caspar, Apfelkrumbel für Papa. Mit etwas mehr Spielzeug wäre das (m)ein perfektes Cafe. Mit Schokomund und braunen Mustern auf den Klamotten, in die Gruga. Wenn das die Mama wüsste, wie Ihr ausseht, und welche leckeren Sachen Ihr von mir immer zu essen bekommt. Gut das wir alleine unterwegs sind, sagen es auch nicht weiter, Mama hat bestimmt andere Sorgen.

Manchmal neige ich dazu, den Daumen mit Spucke zu befeuchten, um die Mundwinkel von Lotta sauber zu rubbeln, doch dann überkommt mich ein Würgereiz, stigmatisiert durch den Rotzedaumen meiner Elterngeneration, Spucke mit Kaffeegeschmack, einzementiert diese Erinnerung in mein Hirn, nein, das kann ich dem Kind nicht antun.

Weiter geht's, an den Ziegen und Ponys vorbei und ab in den Kindertümpel. Schwimmwindel als Deko, nachher Fritten und Currywurst, noch mehr gesundes Essen für uns Kinder aus dem Pott.

Die Sonne tut gut. Die erste Minute am heutigen Tag, in der ich durchatme, mein Blick immer mal wieder auf die Kinder und die Klamotten, aber, hej, die Sonne, das tut so gut auf der Haut.

Oh Scheiße, Arbeitskollegin, grüßt mich mit ihrem falschen Lächeln, das kann in die Hose gehen. Was macht die überhaupt hier, kann mich nicht leiden, typische Männerhasserin. Die Kurzerholung dahin. Die Kollegin hat keine Kinder, hat sich der Karriere verschrieben, daneben geht nichts und wird nichts toleriert.

Gleich geht das Telefon, Anruf vom Chef, mir wird unwohl. Aber es passiert nichts in den folgenden 30 Minuten. Übelkeit nimmt zu, vielleicht ist es auch der Hunger und der leere Magen.

Ein Problem, ja, lösbar, ja, ich sollte kündigen.

Bin so beschäftigt, dass ich nur selten an dich denke. Wo bist Du, was machst Du? Genießt Du auch für einen Moment die Sonne, mal ohne Kindergeschrei, ohne volle Windeln, ohne Übermütter und „allein-erziehend"?

Lottas Gebrüll bringt mich zurück an den Ort des Geschehens, Buxe voll. Ich bin dann mal wieder auf Kinderkanal, raus aus der Scheiße, rein in die Scheiße.

Mal Dein Lächeln vor den Augen, der Sommer blüht auf Deinen Lippen, ich muss schmunzeln, für Sekunden.

Caspar ist nicht zu überhören, Kampf um Spielzeug, hatte die Windel ausgezogen und pinkelt in hohem Bogen in den Tümpel.

Jetzt mal raus aus dem Sumpf und ab ans Büdchen, wat lecker essen.

Sternen Staub

Caspar hat Bauchschmerzen, zu viele Honigwaffeln gegessen. Kümmelöl auf dem Bäuchlein verrieben, kannte bis jetzt nicht seine Bauchschmerzzeremonie. Also gibt es eine Geschichte aus seinem Lieblingsbuch, nahm es aus seinem Rucksack. Da viel mir ein Fetzen Papier in die Hand, abgegriffen, wäre beinahe im Müll gelandet, doch dann viel mein Blick auf die ersten Zeilen, ich konnte es kaum glauben.

„Liebste Mathilda,

Menschlich war fast kaum etwas an Dir. Gläsern Deine Haut. Fast nicht von dieser Welt. Keine Babyhaften Pausbäckchen. Ein Kind konnte ich in Dir so schnell nicht erkennen. Aber Du warst wunderschön.

Du warst das Schönste, was ich in meinem Leben je gesehen hatte. Wie eine kleine Elfe.

Ich drückte Dich an meinen Brustkorb. Da, wo ich mein Herz vermutete. Dort, wo es bebte, mit einer Intensität und einer Entschlossenheit, dass ich für einen kurzen Moment glaubte, es wolle für zwei Herzen schlagen. So, als versuchte es, Dein kleines, winziges Kinderherz damit wieder zum Schlagen zu bringen.

Wenn ich Dich nur fest genug halte, wärme, liebe! Ich schloss die Augen und horchte. Die Welt hatte aufgehört, sich zu drehen.

"Bitte!"

"Bitte!"

Mein flehendes Gewimmer verhallte in dieser grausamen, ungerechten, bestialischen Welt, wie ein Schrei in einen tobenden Sturm. Ein Schwarm Krähen flog erschreckend und lärmend auf. Niemand hört mich.

Meine Arme im Klammergriff um Dich kleines Fabelwesen, hörte ich mich mit zitternder Stimme ganz leise singen: "Hush little Baby don't say a word, Mama's gonna buy you a mockingbird..."

Für eine Ewigkeit saßen wir da, eng umschlungen. Mein Oberkörper wippte vor und zurück.

Dein elfenhaftes Händchen ruhte auf meiner Unterlippe. Ich spürte, wie es immer wieder hinab glitt. Leblos. Meine Lippen schlossen sich sanft um Deine schmalen Fingerchen.

Aber keine Liebe dieser Welt, keine Wärme und kein noch so entschlossenes pochendes Herz, würde Dich zurückholen. Leise rannen Tränen über meine Wangen, verfingen sich in Deinem weichen Haar und verschwanden irgendwo in dem weißen Frottiertuch, das Dich umgab.

Ich roch an Dir, an Deinem puppenhaften Köpfchen. Ich sog die Luft ein, die Dich umgab. Den Duft, damit ich Dich bis heute noch riechen kann. Noch immer wippte ich. Summend. Vor und zurück. Vor und zurück. Der Gedanke, nicht ewig hier sitzen und Dich in meinen Armen wiegen zu können, wurde unerträglich. Dass die Zeit begann, ihr Tribut zu fordern, war spürbar.

Ich liebe dich, mein Kind. Ich wünschte, ich hätte es dir sagen können. Aber ich sagte es doch immer wieder. Ich erhob mich. Lähmende Schmerzen durchzuckten meinen Körper. Doch die Risse und Wunden in meinem Unterleib waren etwas, über das mein Herz nur müde lachen konnte. Eine Weile noch stand ich da.

Ich küsste Deine weichen Ohren, Deine kleine Nasenspitze. Sacht strich ich über Deine Wangen, die unter der Kuppe meines Zeigefingers verschwanden. Liebevoll zeichnete ich die Konturen Deines Gesichtes nach und küsste Deine Stirn. Ich liebe dich.

"Okay." Hauchte ich. Die Hebamme verstand.

Sie verstand es. Alles. Sie konnte es nicht fühlen. Niemand kann das. Aber sie konnte es verstehen. Deswegen berührte sie mich nicht. Sie lächelte nicht tröstend. Sagte kein Wort. Sie öffnete nur das Fenster.

Meine Lippen liebkosten das mittlerweile kühl gewordene Gesichtchen meiner Tochter. Ich liebe dich. Gott, ich liebe dich so sehr. Behutsam öffnete ich schließlich das weiche Frotteknäuel, gab Dich fort.

Der ewigen Erde ist nun etwas beigegeben und Du wirst zu glänzendem in den schönsten Farben scheinendem Sternenstaub.

Ich liebe Dich. Deine Mama"

Ich muss kurz vor die Tür, es regnet aus Kübeln, kühle mich ab, verwische meine Gefühle, verdünne das Salz auf meinen Wangen.

Ein Proll fährt vorbei, zu laute Musik, spüre ich in meinem Bauch, „I just want you to know who I am, I just want you to know who I am…………………………"

23

Chef Sache II

Das Telefon geht, unterdrückte Nummer, bist Du es vielleicht, bekomme Herzrasen, „ja, hallo"…

„Wir müssen reden", klingt es nach der Stimme meines Chefs. Wir müssen reden, ist das nicht immer die Einleitung von der Mitteilung schlechter Nachrichten, Trennung, Kündigung, Eröffnung einer Sexuellen Neigung oder einer Liebschaft……

Sie haben Recht, ein Niemand bin ich auf dieser Welt, ein Bündel von Zufällen, jemand, der sein Leben für sich entscheiden ließ.

Habe damit gerechnet, das die Kollegin mich anschwärzt und kein Verständnis für meine Situation hat, wie auch. Hat Ihre Gebärmutter gegen ein Hormon bildenden Karriere kompatiblen Muskelkörper eingetauscht. Das einzige weibliche was bei ihr blieb ist die Hysterie und ein Frauenoberlippenbart.

„Jetzt übertreiben Sie mal nicht, es ist ok, sehen Sie zu, dass sie alles wieder in den Griff bekommen. Vielleicht gibt es bald einen Partner, mit dem sie einiges mehr schaffen. Entscheidungen sind täglich gefordert, und sie sehen nicht gesund aus, nehmen sie sich mal raus".

Mal so gar nicht mit dieser Reaktion gerechnet, obwohl mit Rausnehmen ist das so eine Sache, egal, heute ein nettes Arschloch.

Also raus für den Rest der Woche, nun doch noch nicht kündigen.

Rausnehmen mit 2 Kindern und der Gewissheit, dass Dir etwas zugestoßen sein muss, Witzbold.

Gehen in das Café mit Sandkasten, da, wo wir uns aus den Augen verloren haben, heute einfach nur die Zeit todschlagen, die Stunden überwinden, um Dir näher zu kommen, mit der Hoffnung, dass Du einfach wieder da bist.

Komm doch jetzt um die Ecke, sag, Du hättest kein Kleingeld für die Parkuhr gehabt, und wärst mit dem Wechselgeld aufgehalten worden.

Wieder Belebung

Ein Knacken, kurz, ein Bellen verhallt im Hintergrund, die letzten Textstücke von den googoodolls,

„And i don`t want the world to see me, `Cause I don`t think that they`d understand

When everything`s meant to be broken, I just want you to know who I am".

Dunkle Nacht legt sich auf mein Bewusstsein, ein gelegentliches blaues Flackern, welches als Lichtkegel über die Backsteinmauern des Ikea-Gebäudes huscht.

Das Flattern aufgeschreckter Krähen, ein Schrei, Stille….

Stimmengewirr verliert an Intensität, ich lasse mich fallen, tief fallen. Das Gefühl des freien Falls, ein schönes Gefühl. Erwarte den Aufschlag, wo bleibt er, endlich dem Geschehen ein Ende bereiten.

Aus dem Fallen wird ein Schweben, ein Flug, ich kann fliegen. Und meine liebste Mathilda nimmt mich an die Hand, „Mama, schön dass Du bei mir bist".

Flackernde Neonröhren fliegen vorbei, kalte Unterlage, unbekannte, beunruhigte Gesichter, kein scharfes Bild. Schwere Vorhänge, die hastig zugezogen werden. Große in Gummihandschuhen gequetschte Hände legen sich auf meinen Brustkorb. Rippen zerbersten und knarren rhythmisch zu Staying a live…….., wieder und wieder.

Stille, Maschinen steigen in den Rhythmus ein, ah, ah, ah, ah, staying a live, staying a live…… Die großen starken Hände machen Pause, treten zurück. Flüssigkeit durchströmt meine Arme, Dunkelheit folgt, absolute Dunkelheit und Stille.

Dr. Hammer beendet die Injektion einem Muskel entspannenden Medikamentes und gibt dem Assistenzarzt einige Anweisungen für das weitere Vorgehen. Stabilisierung des gebrochenen Unterarms, reinigen und versorgen der Platzwunden an Knien, Ellenbogen und im Gesicht.

Meldung bei der Kripo, da keinerlei Papiere oder persönliche Dinge noch Angehörige aufzufinden sind.

Mal Kasten

Im Anna & Kuckuck mit Lotta und Caspar, Du fehlst uns, sind langsam ein eingespieltes Team, zwei Kinder heißt nicht Aufwand für ein Kind mal zwei, zwei Kinder können gelegentlich zwei unterschiedliche Richtungen bedeuten.

Malschule auf alten Tapetenrollen, oh ja, ein Einhorn und ein Engel, sehr schön Lotta.

Lotta fragt mich: „Papi, tragen Engel eigentlich rosa Unterwäsche, wie ich"?

Ups, gute Frage, ich kenne mich weder mit den üblichen Angewohnheiten von Engeln aus, noch habe ich eine Expertise über die Anatomie von Engeln.

„Natürlich tragen Engel auch rosa Unterwäsche, sonst wird es Ihnen kalt am Popo, wenn Sie auf den Wolken sitzen".

„Und woraus sind die Flügel", folgte eine weitere Frage. „Ihre Flügel sind aus Liebe und Hoffnung, Lachen und Küssen, Sternenstaub und Freude, sehr viel Freude", antwortete ich Ihr.

„Dann können sie nicht fliegen, wenn sie traurig sind"? bekam ich als Antwort, die ich überrascht mit einen „Ja, da hast Du recht" bestätigte.

Anruf in Abwesenheit, es ist Deine Nummer. Ich rufe sofort zurück, das heißt Klamotten einpacken, Kinder an die eine Hand, Handy an die andere.

„Ja, hallo, wer ist da"? „Kripo Essen". „Ja, ich hatte gestern bei Ihnen angerufen, hatte meine Nummer bei Ihnen hinterlassen, ja, ich komme vorbei, wo, Ecke Zweigertstrasse, ja, kenne ich".

Und was gibt es an Neuigkeiten, können Sie mir was sagen"?

„Später", klingt eine junge aber emotionslose Frauenstimme am anderen Ende der Leitung.

„Also morgen, 10.00 Uhr, ja versuche pünktlich zu sein, die Kinder, Sie wissen schon", oder nicht?

Was soll ich nur mit dieser Information jetzt anfangen, klingt nicht zuversichtlich, ehr beängstigend. Mein Sorgenbarometer steigt, steigt ins unermessliche.

Das Wetter und die Kinder so empathisch, fühlen meinen Schmerz, es regnet in Kübeln, kann meinem Schmerz freien Lauf lassen, tut fast ein bisschen gut.

Die beiden Rabauken in die Wanne, meine Laune und Nichtentspannung kann durch nichts, aber auch gar nichts verbessert werden. Kinder ab in Bett, Streitereien spiegeln den lieben Papa, also bitte mal etwas Mühe geben.

Problem ja, lösbar, aber keine Idee wie.

Also versuche die Stimmung mit Schokoladenpudding zu heben, Zuckersüß die Beiden, Ihr Lachen und Ihre Schokomünder helfen mir etwas aus dieser emotionalen Schlangengrube.

Vater Freuden

Herein, herein, ... verdammt, wer oder was klopft da auf mich ein.

Es dauerte seine Zeit bis er bemerkte, dass die von billigem Rotwein aufgeschwollenen Hirnwindungen sich von innen an die Schädelkalotte drücken und nun im Rhythmus des Herzschlages anklopften.

Stimmen aus der Ferne zu hören, ein Deckenventilator zerschnitt mit Gelassenheit die schwere rauchverhangene Luft, die Sonne fand sich flimmernd an dunklen Fensterläden.

Es musste gegen Mittag sein. Er raffte sich auf, stolpernd über leere Flaschen unkoordiniert hin an den Wasserhahn, das Waschbecken verdreckt mit Essensresten, wohl von den vergangenen Mahlzeiten, provoziert einen erneuten schwall aus Bohnen, Speck und beißender Gallenflüssigkeit.

Alles dahin, warum nur haben mir diese Menschen mein Leben zerstört, alles genommen. Das war so nicht geplant, nein, so nicht.

Zum Frühstück ein Whisky und eine Zigarette, der Kopfschmerz lässt nach, der Blick etwas klarer, die Realität grausamer.

Raus aus diesem Loch, ein kurzer Moment Herr der Lage zu sein, ein Plan, ein Ziel.

Die Zunge brennt, Durst. Einen zweiten Whisky gegen den schlechten Geschmack, einen dritten gegen die Hässlichkeit dieser Welt. Ein breites Grinsen des zahnlosen Wirtes in einer Kaschemme, Stimmengewirr, langsam ist es zu ertragen, all dies.

Und wieder endet ein Tag inmitten von brasilianischen Nutten, eine hässlicher als die andere, sie kichern, lästern, als er lallend nach einem Taxi brüllt, und weint. Angst vor diesem Albtraum.

Wieder und wieder dieses bunte Stück Stoff als Spielzeug des Windes, und ein lebloser Körper, blass, umrahmt von einem roten Saum, inmitten diesem saftigen Grün, so soll man Sie gefunden haben und dann namenlos der Erde zurück gegeben………………… neinnnnnnnnnnnnnnnnnnn.

Warum macht den keiner etwas, warum merkt denn keiner etwas. Nur noch ein Schluck aus der der Flasche, noch eine Zigarette. Hastig verlässt er diesen Ort der Schuld, mit dem Feuerwerk von Erinnerungen, unklar wohin, einfach raus, weg, ……………, schnell, schneller, weg.

Regen drückt das klebrige Haar an die Stirn, unklare Worte, ein wimmern, faseln, kein Blick, kein Ziel, kein Weg. Bang. Ein heranrasender Bus erwischt ihn mit voller Wucht, Blut und Hirn spritzen an die Windschutzscheibe, der Scheibenwischer hat Mühe die letzten Gedanken von der Scheibe zu wischen.

Ein aufspringen der Fahrerkanzel, kurz, als das Vorderrad den Brustkorb überrollt und zerquetscht, ein zweites Hüpfen, das Hinterrad, das nun auch Becken und Extremitäten zu einer Grillpfleischmasse zermalmt.

Der Fahrer, Vater von 7 Kindern, Mann von 3 Frauen, Schuldner von vielen tausend Dollar, mit den Gedanken an ein Feierabendbier, vermutet einen verwilderten Hund unter den Reifen. Der Regen, die schlechte Sicht und das Telefon am Ohr, und gibt Gas.

Der Regen spült den Dreck schon weg, einen räudigen Hund wird schon keiner vermissen.

Fund Grube

Polizeipräsidium, gegenüber Landgericht, Zimmer 217, das Lachen der Kinder schallt durch die schmucklosen funktionellen Räumlichkeiten. Spaß am Echo, ein Spiel, welches wir sonst unter der Schwimmbaddusche spielen.

„Ja, ich habe das Kind von Ihr seit fünf Tagen in der Obhut, nein, wir sind nicht verheiratet, wer ist das heute schon. Ja, wir kennen uns schon seit einigen Jahren. Geburtsdatum kann ich Ihnen sagen, ja, so gut kennen wir uns", muss ich lügen. Da ich in den letzten Tagen Deine Telefonnummer öfter gewählt habe als in den letzten Jahren rattere ich alle von der Kommissarin geforderten Daten ohne Denkpause herunter. Die Kommissarin kommt kaum hinterher meine Angaben zu kontrollieren.

„Ihre Eltern, nein, kein gutes Verhältnis, meine Eltern, nein, mein Vater ist tot, meine Mutter scheintot".

„Weitere Referenzen"? fragt die Kommissarin. „Die Kinder, fragen Sie ruhig die Kinder".

Caspar und Lotta sind so dermaßen damit beschäftigt die Mülleimer zu entleeren und die Papierknäuel diverser gebrauchter Formblätter mit diskreten und indiskreten Notizen durchs Büro zu werfen, dass ich erstmalig ein vermeintliches Lächeln auf den Lippen der Kommissarin erkenne.

„O.k., sie scheinen ja wirklich gut befreundet zu sein, wie auch immer, der Mutter geht es den Umständen entsprechend, aber von einem Besuch mit den Kindern rate ich noch ab."

Sie ist aufgefunden worden, letzte Woche, nähe IKEA. Was passiert ist, können wir noch nicht sagen, muss wohl ganz schrecklich gewesen sein, aber können noch nicht mit ihr sprechen.

Sie schreibt mir ein Zettel mit der Adresse des Krupp-Krankenhauses und der Station IC.

„Ansprechpartner ist ein Dr. Hammer, ich werde Ihn informieren, dass er mit Ihnen rechnen kann".

„Sie sehen müde aus, Sie hatten doch die ganze Woche frei", viel von ihr der Satz im Gespräch.

„Haben Sie Kinder, Frau Kommissarin?" „Nein, lebe Dein Leben, hat mir meine Mutter immer eingebläut, und jetzt, jetzt ist es zu spät. Mein Mann ist zu einer Jüngeren abgehauen, ist jetzt Vater von 3 Kindern, soll glücklich sein, hat man mir erzählt".

„Es fehlt immer was im Leben", war meine spontane Antwort. „Ich bin froh, dass es bei mir nur der Schlaf ist."

All die anderen Dinge wollte ich jetzt nicht aufzählen: Sex, Kino, Theater, Sport, erholsamen Urlaub, Ausschlafen......

Trage in diesem Moment die „Allein erziehende Vater rosa Brille" mit Stolz, die Liebe meiner Tochter ist durch nichts zu ersetzen.

Obwohl, ausschlafen wäre schon schön.

Traum Haft

Ein Piepen und mechanisches Fauchen begleitet scheinbar leblose Körper, Brustkörbe heben und senken sich leise, wie ein Schiff sich wiegt. Kondenstropfen in durchsichtigen Schläuchen die aus Mündern ragen, futuristisch dieser Anblick. Mensch, Maschine, eine Partnerschaft auf Messers Schneide, oder wollen all diese Körper gehen, zerfallen in Kohlenstoff und Sternenstaub, der Sonne und dem Mond entgegen.

Erinnerung an den Tod meines Vaters, hier hatte die Maschine alles übernommen, was lebensnotwendig, nicht aber lebenswürdig war.

Der letzte Atemzug, der letzte Herzschlag, nachdem wir die Maschinen abstellen ließen, 24.12., frohe Weihnachten. Doch immer noch in meinem Herzen. Eingesperrt diese Erinnerungen, fühle mich wie mit Handschellen gefesselt, kann nichts dagegen tun, einen Hass hab ich auf meine Hilflosigkeit.

Der Gedanke, Dich hier liegen zu sehen macht mich krank, muss weinen. Kann meine Tränen nicht zurückhalten.

Die Kinder weinen auch, habe Ihnen aber gesagt, meine wären Freudentränen. Es sähe hier nur so trist und kalt aus, um die bösen Geister fern zu halten.

Lotta meinte, und die Engel und die lieben Geister haben aber doch dann auch Angst. Wie wahr mein Kind, wie wahr. Auf dem Flur noch einem Moralapostel begegnet, Kinder haben im Krankenhaus und auf der Intensivstation nichts verloren. Ich bedanke mich für den Hinweis mit einem kurzen aber nicht zu überhörenden „Arschloch, wenn sie wüssten".

Bastle aus Op-Handschuhen ein lustiges Gesicht und suche weiter nach Dir. Ich breche fast zusammen, zittere am ganzen Körper. Die Kinder sind mit einer netten Schwester in eine stillere Ecke verschwunden, lachen und singen, eine Fröhlichkeit, welche in diesen Räumen wohl lange nicht präsent war.

Da liegst Du, Du lebst, ja, das ist sie. Blutunterlaufene Augenringe, der linke Arm in Gips, und auch dieser schreckliche Schlauch, ich bin völlig abwesend.

Der Stationsarzt Dr. Hammer, erzählt mir einige Details eines möglichen Martyriums, wohl aber nur Teile des Puzzles der letzten Tage, die an Dir all diese sichtbaren und unsichtbaren Narben hinterlassen haben.

Ist nehme erst den Faden wieder auf als er mir klar macht, „ja, Sie ist auf dem Wege der Besserung, wir werden wohl heute Nachmittag extubieren und anfangen zu mobilisieren". Und „„Ach", sagte er, „kennen Sie einen Caspar, nach Ihm hat Sie ständig gerufen. Ist das Ihr Ex oder heißen Sie so".

„Nein, weder noch, es ist Ihr Sohn. Der gerade mit meiner Tochter und Schwester Klara in der Spielecke verschwunden ist. Aber Sie können Ihr sagen, Ihm geht es gut, sehr gut sogar".

Ich setze mich zu Dir, nehme Deine Hand und weine, und weine und weine. Das Piepen der Maschine wird ruhiger und regelmäßiger. Eine rosa farbene Nadel auf deinem Handrücken, verklebt mit weißem Tape, Klebereste, zwei Fingernägel abgebrochen, eine Schürfwunde. Deine Narben am Unterarm kaum erkennbar. Immer gut versteckt Dein Leid unter Lächeln und Stoff.

Ich halte weiter Deine Hand. Auch meine Unruhe verfliegt, auch mein Herzschlag wird langsamer und passt sich Deinem an. Der

Stationsarzt hat uns alleine gelassen. Ich lege meinen Kopf auf Deine Brust. Deine andere Hand greift automatisch in mein Haar, ich muss wieder weinen, fange an zu träumen. *

Kindergeschrei weckt mich auf. Lotta und Caspar blinzeln um die Ecke. Ich stehe schnell auf, Küsse Dich auf deine Stirn und nehme die Kinder bei den Händen. Sie sollen Dich nicht so sehen.

„Geht es Ihr gut, Papa", fragt Lotta, und schaut mich erwartungsvoll an, „machst Du sie wieder gesund und geht Sie mit uns nach Hause?"

„Ja, es geht Ihr gut, und wir nehmen Sie bald mit, aber Sie will noch etwas ausschlafen, sie ist noch sehr müde". Lotta nimmt Caspar an die Hand und lächelt Ihn an. „Papa macht, dass alles gut wird".

„Wir basteln Mama gleich etwas Schönes zu Hause und gehen Sie morgen wieder besuchen". Auf dem Weg aus der Klinik treffe ich den Seelsorger, ich flüstere Ihm kurz etwas zu.

Auf Stehen

Wo bin ich, komme langsam zu Bewusstsein. Spüre einen Fremdkörper in meinem Hals, und hatte das Gefühl Kinderstimmen gehört zu haben.

Ein Arzt spricht mich an, „ja, ich kann Sie hören und verstehen, bitte macht dieses Ding aus meinem Hals, bitte", sage ich zu ihm.

Der Schlauch wird herausgezogen, ich muss stark würgen, mich fast übergeben. Dann kann ich mich etwas aufrecht setzen, kraftlos aber mit dem Gefühl der Sicherheit.

Der erste Gedanke, mein Kind………. „Ja, ich kann Sie beruhigen und soll Ihnen ausrichten, es geht Caspar gut. Ihr Mann war mit den beiden Kindern hier, vor 2 Stunden für 2 Stunden, hat lange mit Ihnen geredet, die Kinder sahen fröhlich und zufrieden aus".

„Genau hier hat er gesessen, Ihre Hand gehalten und Ihnen sehr sehr viel erzählt". Ich muss bitterlich weinen, mein Kind, alles wird gut. Aber mein Mann, wie schön wäre das, einen liebevollen Kerl mit Herz und sehr viel Liebe an meiner Seite zu haben.

Erschöpfung überkommt mich, bitte die Schwester mich noch duschen zu können, aber Kraftlosigkeit siegt, versinke erneut in den Kissen.

Als ich erwache stehen Blumen auf meinem Tisch, weiße Rosen und Lilien. Dies lässt mich Abstand gewinnen von den Albträumen der letzten Tage, was ist davon wirklich passiert, was Traum. Ich vermisse meinen Sohn und Dich.

Dunkle Gestalten auf dem Flur, wollen hoffentlich nicht zu mir. Beerdigungsinstitut, dunkle Anzüge, die sitzen sehr gut und sehen elegant aus.

Hurra, ich lebe noch, aber ein anderer hat es dann wohl nicht geschafft. Viele Tränen werden folgen, viel Leid für die Menschen die Lieben, die einen geliebten Menschen verloren habe. Trauer überkommt mich.

Habe Sehnsucht, so wie ich hier liege, so ganz allein, verlassen, und keine Liebe weit und breit, da wäre ich manchmal lieber tot. Oder bin ich es schon?

Leben so sinnlos, kein Mensch, der um mich weint, keine Ziele im Leben, keine Arbeit, Eltern, naja, eine blutende Seele und nur grauenhafte Erinnerungen im Kopf, die ich nie wieder los werde, das ist doch wie Tod.

Die Gestalten setzen sich in Bewegung.

Bett Wäsche

Es muss Vollmond sein, ich kann nicht schlafen. Plötzlich ein „Papi" von Lotta, halb 12, was hat sie nur? Caspar schläft tief und fest. Also darf Lotta ins große Bett zu Papa.

Und es dauert keine 10 Minuten, ein weiteres „Papi" wird direkt gefolgt von einem großen Schwall Schokopudding und Nudelgemisch, ups.

Danke. Wir sind beide von Oben bis Unten voll mit Kinderkotze, was die Sache aber wirklich nicht niedlicher macht.

Ab unter die Dusche, Lotta in ein Frottetuch einwickeln, Bett frisch beziehen, Kotzwäsche aufsetzen und versuchen einzuschlafen.

Ein Blich auf die Uhr, 12. Ein Problem, naja, nicht wirklich, lösbar, schon passiert.

Ein Husten und Weinen, ich suche den Lichtschalter. Im Schein der Nachttischlampe ein erneuter Kotzstrahl übers Bett, Kopfkissen, Laken, ‚Bettdecke, Papa und Lotta hat es ein zweites Mal erwischt.

Ärgern, nein, dafür kann das Kind ja nichts. Also nochmal Duschen, Lotta einmummeln und Bett frisch beziehen. Bettwäsche und Schlaf werden langsam knapp.

Das Kind schläft schnell wieder, tiefe Pruster in die Endlosigkeit der Träume, wie mit einem silbernen Pony, große Sterne, kleine Sterne, ein Grinsen und Sternenstaub in den Löckchen.

Ein vorbeihuschender Blick in den Badezimmerspiegel, Alter, siehst Du scheiße aus, muss am Licht liegen.

Mal sehen, ob der Schönheitsschlaf da noch etwas retten kann, habe ja noch drei Stunden. Unter der Matratze Wäsche von Lottas Mutter gefunden, würgen Erinnerungen hoch, das war's dann mit dem Schlafen.

Knie Fall

Langsam bewegt sich dieser Trauerzug, und nein, die kommen in mein Zimmer. Mein Herz rast, mein Atem stockt, bin ich jetzt wirklich schon tot?

Dann flitzt plötzlich ein kleines Geschöpf, nein, zwei kleine Geschöpfe um die Ecke. Es sind Caspar und Lotta. Glückstränen überkommen mich, mein Blick schwimmt dahin. Es dauert Minuten, bis ich die beiden wieder los lasse und plötzlich Dich sehe.

Du stehst vor mir, ein schicker Anzug, ein hübscher gutaussehender Mann, so richtig zum Verlieben.

Die beiden gut gekleideten Typen neben Dir stellst du mir als Deine Freunde vor, und als Zeugen. Wofür Zeugen, und was soll der einfach gekleidete Kreuz tragende Mann mit dem Rolli dabei? Was soll das alles?

Ich muss wieder weinen, mein Kind, dein Kind und Du. Aber was soll dieser Aufzug?

Du stellst einen Kassettenrecorder mit der Aufschrift Lotta auf den Nachtschrank. Stille folgt, ein leichtes Kratzen aus den Lautsprechern, und dann „….. Bibi Blocksb…….."

Der Bann ist gebrochen, wir müssen alle laut lachen. Schnell wechselst Du die Kassette und es erklingt „All of me" von den Scala+ Kolnancy Brothers, ´Cause all of me loves all of you"…….

Ich breche wieder in Tränen aus, Du hast es nicht vergessen, ein Lied, welches ich immer hören wollte, an dem Tag, wo sich ein bisschen Glück vereint, und der Partner daneben steht, der es teilen will.

41

Eine weitere kurze Pause, Du gehst auf die Knie, nimmst eine Schachtel aus Deiner Tasche, nimmst einen Ring heraus und sagst zu mir:

„Ich will Dir Liebe schenken, nichts anderes hast Du verdient"!!!!!!!!!!!!!!